Adolphe Badin

Un blessé

© 2023 Culturea Editions

Texte et illustration de couverture : © domaine public
Edition : Culturea (Hérault, 34)
Contact : infos@culturea.fr
Retrouvez notre catalogue sur http://culturea.fr
Imprimé en Allemagne par Books on Demand
Design typographique : Derek Murphy
Layout : Reedsy (https://reedsy.com/)

Dépôt légal : janvier 2023
Tous droits réservés pour tous pays

ISBN : 9791041921102

Table des matières

I

Cette nuit-là, le froid était épouvantable. Le ciel, sans lune, disparaissait entièrement derrière un brouillard épais, étouffant, qui semblait s'être abattu sur la grande ville comme un lourd manteau de deuil.

Le décor fantastique du Palais de Justice se dessinait vaguement de l'autre côté de la rivière, plus fantastique que jamais avec ses contours à demi effacés et la sombre masse de ses deux tours émergeant de l'ombre. Au premier plan, à gauche, les flots noirâtres s'engouffraient avec fracas sous les arches du pont au Change.

Du quai de la Mégisserie, l'oreille percevait une sorte de brouhaha assourdi, où se confondaient mille bruits de nature diverse, piaffements de chevaux sur le pavé gras, roulements de voitures menées au pas, par intervalles quelque jurement étouffé ; et, dominant tout, absorbant tout, ce murmure vague d'une foule nombreuse qui se contient.

À mesure qu'on descendait vers la berge, on voyait peu à peu sortir du brouillard une longue file d'équipages de toute sorte, breaks, tapissières, fiacres de toute taille et de toute couleur, omnibus de chemin de fer, landaus de remise et jusqu'à des coupés de maître, le tout confondu et mêlé, avec le guidon blanc à croix rouge fiché sur le siège, ou accroché à la capote.

Emmitouflés dans de grands manteaux, le cache-nez rayé noir et blanc autour du cou, les gros gants de laine grise aux mains, la courte pipe de terre entre les lèvres, les cochers causaient entre eux ; quelques-uns, pour se réchauffer, se frappaient les flancs à tour de bras.

De cinq minutes en cinq minutes, une voix jetait d'en bas, à travers le brouillard, un nom : Vendrezanne, ou bien Autriche-Hongrie, Grand Hôtel ou Palais-Royal.

Une voiture se détachait de la file et descendait sur la berge, les autres se rapprochaient pour combler le vide et le mouvement se communiquait jusqu'en haut, sur le quai.

Tout en bas, le spectacle changeait. Trois bateaux-mouches étaient amarrés les uns derrière les autres ; leurs lanternes rouges brillaient sourdement dans le brouillard, qui faisait autour d'elles comme une auréole d'une pâleur laiteuse.

L'un des bateaux, le premier en ligne, était amarré lui-même à un ponton, au centre duquel on apercevait des gens qui allaient et venaient à la lueur de torches fumeuses.

Debout au milieu d'un groupe, un chirurgien au képi galonné, le collet de son pardessus relevé jusqu'aux oreilles, les jambes cachées dans des demi-bottes à revers garnis de fourrures, écrivait sur une feuille imprimée les noms des ambulances sur lesquelles on dirigeait les blessés, à mesure des débarquements. Derrière lui, dans l'ombre, la lumière de la torche fouettée par le vent s'accrochait tantôt à une cornette blanche, tantôt au grand chapeau et à la soutane noire d'un frère des écoles, tantôt à la vareuse d'un garde national ou d'un mobile.

De moment en moment un brancard porté avec précaution surgissait du bateau, traversait le ponton et allait s'arrêter en face des voitures.

– Doucement ! Doucement ! faisait le chirurgien, pendant qu'on hissait les malheureux blessés sur les coussins.

Et la foule des curieux qui étaient là et qui regardaient, navrés, répétait : « Doucement ! »

Quel défilé ! C'était un officier d'artillerie, dont les jambes pendaient fracassées entre les mains des brancardiers ; un pauvre chasseur dont le visage disparaissait tout entier sous un masque de sang coagulé ; puis d'autres, officiers, sous-officiers, soldats de toute arme, les mains enveloppées dans des linges sanglants, la tête bandée, le corps inerte dans une capote toute souillée de boue et de sang, avec un grand trou sur la poitrine.

Et cela dura longtemps. Le va-et-vient des bateaux aux voitures ne finissait pas. Celles-ci cependant disparaissaient les unes après les autres emportant leur triste chargement ; il n'en restait plus que cinq ou six et le débarquement continuait toujours.

C'est que l'on s'était rudement battu pendant ces trois jours au plateau de Villiers, à Montmesly, à Cœuilly, à Champigny ; et que les boulets prussiens avaient fait de cruels ravages dans nos rangs !

– Chaptal ! appela le chirurgien.

– Présent ! répondit un cocher, et presque aussitôt un grand break, attelé de deux vigoureux alezans, vint se placer à l'entrée du ponton.

Les banquettes avaient été enlevées, et un épais lit de paille fraîche garnissait le fond de la voiture.

Deux blessés, deux cadavres, immobiles, raides dans leur uniforme ensanglanté, furent étendus sur cette paille : on plaça à côté d'eux leurs fusils, dont l'un avait un casque bavarois attaché au canon par la jugulaire ; et la voiture, remontant la berge au pas, s'éloigna par le quai dans la direction de la rue de Rivoli.

Une heure après, elle arrivait 22, rue Chaptal, et, s'engageant dans une longue allée sans arbres, venait s'arrêter devant un grand atelier de serrurerie transformé pour le quart d'heure en ambulance.

Quelques précautions que l'on prît en descendant les malheureux blessés et les transportant sur les lits préparés pour les recevoir, on ne put leur éviter de légères secousses qui les firent sortir de la torpeur où ils étaient plongés.

L'un des blessés, un vieux caporal-fourrier du 120e de ligne, nommé Bongrand, avait reçu une balle en pleine poitrine, le 29, pendant le mouvement du général Vinoy sur Thiais, l'Hay et Choisy-le-Roi.

L'autre, un tout jeune garçon, un enfant presque, avait eu la jambe gauche fracassée à l'attaque du village de Champigny par le général Renault, le 30 au matin. Il s'appelait Émile Poulain et faisait partie des éclaireurs du 9e secteur.

Les deux blessures étaient des plus sérieuses, et, lorsque le docteur Demarquay, le célèbre chirurgien attaché à l'ambulance Chaptal, arriva sur les sept heures du matin, il eut, en les voyant, une moue de mauvais augure.

Ce qui aggravait l'état des deux malheureux, c'était que, la bataille ayant duré trois jours, ils étaient restés dans la boue gelée, attendant le premier pansement, l'un pendant trente-six heures, l'autre pendant vingt-quatre heures. Et puis, le transport à bras dans les voitures d'ambulance, le transbordement de celles-ci dans les bateaux-mouches et des bateaux-mouches dans le break, enfin le voyage du pont au Change à la rue Chaptal, toutes ces allées et venues les avaient considérablement fatigués.

Aussi le docteur jugea-t-il prudent d'attendre quelques jours avant de nettoyer et de sonder les plaies. Il se contenta, pour le moment, de renouveler le pansement et recommanda uniquement le repos et des boissons fortifiantes.

Le surlendemain, en effet, Bongrand s'était un peu relevé, et le docteur Demarquay put l'examiner. Il constata une plaie pénétrante de poitrine, dans la région pectorale droite ; quant à la balle, il lui fut impossible de savoir où elle était allée se loger.

– Bah ! peut-être sortira-t-elle toute seule, fit le docteur. En tout cas, s'il ne survient pas de complications, je ne vois pas pourquoi le vieux dur à cuire ne s'en tirerait point.

Un vieux dur à cuire, en effet, ce Bongrand ! Pendant que le bistouri et les pinces fouillaient sa poitrine sanglante, il fumait tranquillement sa vieille pipe, sans dire un mot, sans pousser un gémissement ; et cependant la douleur était tellement forte, qu'à un moment le tuyau de la pipe était tombé broyé d'entre ses dents serrées.

Quand vint le tour de Poulain, celui-ci ne voulut pas se laisser approcher. Il avait une fièvre ardente qui exaspérait sa sensibilité, et souffrait horriblement, à cause des corps étrangers qui envenimaient la plaie de sa jambe ; aussi le moindre attouchement le faisait-il bondir.

Le docteur essaya bien de le prendre par l'amour-propre en lui rappelant avec quelle intrépide insouciance, quelques jours auparavant, il avait couru sur l'ennemi sans s'occuper des balles qui crépitaient autour de lui, pourchassant les fusiliers bavarois jusque dans les caves de Champigny.

Peine inutile. Le pauvre diable était buté. Dès qu'on faisait mine de s'approcher de son lit, il se démenait comme un possédé, avec des frissonnements de terreur indicible.

Le docteur Demarquay ne brillait pas par la patience.

– Voyons, dit-il. Je n'ai pas de temps à perdre. Dépêchons-nous !

– Eh bien ! allez-vous-en, si vous êtes pressé, fit Poulain. Je ne vous retiens pas.

– Mais tu ne sais donc pas qu'il y va de ta vie, malheureux galopin ? Si tu n'es pas opéré aujourd'hui même, demain il sera trop tard.

– Et si j'aime autant crever tranquille que de me laisser travailler avec tous vos outils ! C'est mon affaire, n'est-ce pas ?

Impatienté, le docteur voulut en finir. Il rejeta brusquement la couverture. En même temps, son aide, à qui il avait fait un signe, saisissait la jambe blessée et, appuyant dessus de toutes ses forces, tâchait de la maintenir dans l'immobilité nécessaire.

Mais alors le malheureux, surexcité par l'épouvante et par la fièvre, poussa de tels cris et fit de tels efforts pour se dérober, qu'il fallut bien renoncer à tenter l'opération de force, sous peine de risquer de toucher l'artère en passant.

Chose curieuse ! loin de décourager le docteur Demarquay, cette résistance acharnée ne fit que le piquer au jeu. Ce pauvre diable, cet enfant, qui tremblait devant le bistouri, après avoir montré un courage au-dessus de son âge en face des batteries prussiennes, l'intéressait quand même. En même temps, au point de vue du devoir professionnel, la nécessité immédiate de l'opération s'imposait tellement, qu'il se fût fait scrupule de ne pas tenter un dernier effort avant de se reconnaître vaincu.

— Écoute-moi, voyons, mauvais sujet, dit-il à Poulain avec cette brusquerie bon enfant qui le caractérisait ; tu te figures donc que je vais te faire beaucoup de mal ? Tu as pourtant vu ton voisin, tout à l'heure ? Est-ce qu'il a seulement bronché, pendant que je lui explorais la poitrine ? Et toi, un gaillard jeune et solide, tu fais des façons pour te laisser visiter la jambe ! une misère ! Tu veux donc que tout le monde se moque de toi ?

— C'est bon ! grommela Poulain. Chacun fait comme il l'entend. Moi, je ne veux pas que vous me touchiez, et vous ne me toucherez pas.

— Laissez-moi faire, monsieur le docteur ! dit alors la mère Noël, une brave femme de la maison, qui s'était offerte pour remplir les fonctions d'infirmière à l'ambulance, pendant que ses maîtres passaient l'hiver dans leur chalet de Trouville.

S'approchant du lit, la mère Noël essaya de prendre le malheureux révolté par la douceur, le sermonnant maternellement, le grondant et le flattant à la fois, et s'attendrissant elle-même en cherchant à l'attendrir.

Mais lui, la repoussant :

— Vous, la mère Graillon, fichez-nous la paix, ça n'est pas votre affaire.

La pauvre femme, scandalisée du peu de succès de sa tentative, s'éloigna du lit toute penaude, pendant que le docteur Demarquay et son aide ne pouvaient s'empêcher de sourire de sa déconvenue.

Il fallait pourtant en finir. Il était absolument indispensable que la plaie fut débarrassée, le plus promptement possible, de tous les corps étrangers, fragments d'obus, esquilles, morceaux d'étoffe, qui l'envenimaient et l'enflammaient ; on n'avait déjà que trop perdu de temps.

Mais que faire ? On ne pouvait plus songer à tenter l'opération de force ; d'un autre côté, dans l'état de faiblesse et de fièvre du blessé, le docteur n'osait recourir au chloroforme.

À ce moment, la porte s'ouvrit.

– Nous sommes sauvés ! s'écria la mère Noël, c'est Mme Delaunay.

Le docteur Demarquay, se retournant précipitamment, retira sa calotte de velours et vint recevoir, avec son plus aimable sourire sur les lèvres, la visiteuse annoncée.

– C'est le ciel qui vous envoie, chère madame, lui dit-il. Il n'y a que vous qui puissiez décider ce jeune clampin à se laisser visiter. Quant à nous, nous y perdons notre latin.

Mme Delaunay répondit par un simple mouvement de tête, puis se débarrassant prestement de son châle et de son chapeau, qu'elle déposa sur un lit voisin encore inoccupé, elle s'approcha du blessé et lui prit la main.

II

Fort belle et fort élégante, mais d'une élégance qui se dégageait plutôt de sa personne même que de ses vêtements, Mme Delaunay annonçait de trente à trente-cinq ans. Elle habitait rue de Boulogne et passait le plus clair de son temps dans les ambulances, surtout dans celle de la rue Chaptal, qui n'était qu'à cinq ou six minutes de son hôtel.

De tout temps, on a pu dire qu'il y avait une sœur de charité dans chaque femme, mais jamais la démonstration de cette vérité n'avait été faite comme elle le fut pendant les heures les plus terribles du siège de Paris. Que de belles dames, habituées à tous les agréments d'une vie luxueuse, ne vit-on pas s'enfermer des jours entiers, et même une partie des nuits, dans l'atmosphère viciée des salles d'ambulance, prêtant leurs mains fines et blanches aux besognes les plus rebutantes, sans reculer jamais devant aucun détail du triste métier de garde-malade !

Dès les premiers jours, Mme Delaunay s'était montrée incomparable dans ce rôle, si nouveau pour une femme de son monde. Personne n'avait su trouver, mieux qu'elle, le secret de ces paroles réconfortantes, qui soulagent ou qui relèvent ! Personne n'avait su se faire, comme elle, mère avec les plus jeunes de ses malades, ou fille avec les plus vieux, ou sœur avec les autres ; leur parlant de la patrie, de la France pour laquelle ils s'étaient battus, et de leur vieille mère qui serait si heureuse de les revoir, et de leurs petits enfants ; écrivant pour eux à leur femme, à leur maîtresse même quelquefois ; leur promettant d'aller voir celles-ci et y allant ; ne quittant enfin aucun lit sans laisser derrière elle une espérance ou une consolation.

Aussi s'était-elle fait adorer tout d'abord et de tout le monde. Son arrivée à l'ambulance était saluée comme celle d'un rayon de soleil dans le plus obscur réduit. Tout charmait en elle : son beau visage si avenant, si attirant, le parfum qui se dégageait de toute sa personne, et jusqu'aux moindres détails de sa mise, toujours assez simple avec un je ne sais quoi qui sentait la jolie femme, un bout de fourrure, un nœud de dentelle, un ruban qui venait de chez la bonne faiseuse et qui relevait singulièrement l'ensemble de toute la toilette.

Il y avait comme un apaisement général quand elle entrait ; on eût dit que la douleur faisait trêve un moment et que la mort même reculait devant elle. Pendant qu'elle se glissait légèrement de lit en lit, le malheureux moribond la suivait d'un œil jaloux ; puis, quand elle approchait, quand elle se penchait sur lui, ramenant la couverture jusque sous son menton, essuyant ses tempes toutes moites de fièvre, lui prenant la main dans les siennes et le grondant, le chapitrant, l'encourageant avec ces caresses de la voix et du regard qui donnent aux mots les plus simples un prix inestimable, alors le grand enfant qui est au fond de tous les malades sentait le calme descendre dans son esprit troublé par toute sorte de visions ténébreuses, et le plus abattu se reprenait à espérer.

Puis, quand elle était partie, sa pensée occupait encore et remplissait ces cerveaux affaiblis par la souffrance. Rien qu'en les menaçant de Mme Delaunay, on arrêtait sur les lèvres des pauvres diables exaspérés par la douleur ces propos grossiers ou ces jurons inoffensifs, mais retentissants, qui pouvaient interrompre le sommeil agité des autres malades.

« Je le dirai à Mme Delaunay ! » Avec ces mots-là, il n'y avait rien que l'on n'obtînt des plus récalcitrants.

Par extraordinaire, Mme Delaunay, retenue au palais des Champs-Élysées par le service de la lingerie, était restée trois jours sans revenir à l'ambulance de la rue Chaptal, de sorte qu'elle n'avait pas encore vu les blessés apportés après les affaires de Villiers et de Champigny.

Toutefois il ne lui fallut qu'un coup d'œil pour discerner à quelle espèce de révolté elle avait affaire. Son siège fut fait aussitôt. Une autre, moins au courant de ces natures frustes, qui veulent être maniées avec une dextérité toute particulière, n'eût peut-être pas eu la mesure exacte de la situation ; elle l'eût pris d'un peu haut avec Poulain, ou tout au moins elle eût dédaigné de se montrer trop familière avec ce jeune garçon d'une condition sociale si inférieure à la sienne. Mme Delaunay, bien au contraire, sans cesser un instant de rester grande dame, fit autant de frais d'amabilité, de coquetterie, de séduction pour le pauvre diable qu'elle en avait jamais fait dans son salon pour un personnage illustre. Avec une incomparable souplesse de main, elle appuya successivement sur tous les ressorts de cette âme de gamin de Paris, méfiante et fière, violente mais généreuse, excessive dans le bien comme dans le mal ; elle le prit par tous les bouts, comme on dit, par l'amour-propre, par l'honneur, et aussi par l'appât d'une récompense ; puis, quand elle le jugea suffisamment ébranlé :

– Vous pouvez commencer, docteur, dit-elle brusquement en se retournant vers le célèbre chirurgien ; cet enfant-là m'a promis qu'il serait bien sage.

Le docteur se rapprocha aussitôt du lit, les manches relevées jusqu'au coude, le tablier à bavette attaché sur la poitrine, et choisit une pince longue et mince parmi les instruments que lui tendait son aide. Mais, en voyant tout cet appareil, Poulain eut une nouvelle révolte et s'écria :

– Non ! non ! Décidément, j'aime encore mieux qu'on me laisse mourir tranquille !

Et, comme Mme Delaunay, sans se déconcerter, revenait à la charge :

– Tout ce que vous voudrez, madame, mais je ne...

Il n'acheva pas sa phrase. Derrière Mme Delaunay, qui s'était penchée pour lui parler, il venait d'apercevoir sa fille, dont les grands yeux doux le regardaient d'un air suppliant.

– Ça vous ferait donc bien plaisir, mademoiselle ? murmura-t-il.

La jeune fille ne répondit rien, mais elle inclina la tête en signe d'assentiment, et, dans ce mouvement, deux grosses larmes, se détachant de ses paupières, roulèrent sur ses joues.

– Allez-y, monsieur le docteur, puisque mademoiselle le désire, dit alors Poulain. Seulement, ajouta-t-il en mettant la main sur le bras de M. Demarquay et en regardant la jeune fille, vous me promettez de rester là, mademoiselle, jusqu'à ce que ce soit fini ?

– Je vous le promets, répondit-elle en assurant sa voix.

– Allons ! vite, Larsonnier, fit le docteur Demarquay à son aide. Et, s'adressant au blessé : – Bah ! tu verras ; c'est l'affaire d'un instant.

Puis, tout entier désormais à son affaire, il travailla des pinces et du bistouri, sans plus se soucier des personnes qui étaient là que s'il eût été seul avec son interne, et ne s'interrompant par instants que pour laisser celui-ci éponger le sang noir qui coulait à flots de la plaie.

Quant à Poulain, tout à l'heure si pusillanime rien qu'à la pensée de l'opération, il sentit l'instrument fouiller ses chairs endolories sans faire un mouvement ; et, n'eût été la sueur moite qui perlait à ses tempes, dénonçant les cruelles angoisses qui le torturaient, on eût pu le croire absolument insensible à la douleur. Il semblait puiser une force de résistance infinie dans les yeux de la jeune fille sur lesquels il tenait les siens éperdument fixés, comme si ce lien sympathique et mystérieux le rattachait seul à la vie.

Quant à celle-ci, elle s'était installée intrépidement à la tête du lit, son aimable visage légèrement pâli bien en face de celui de Poulain, et ne sortant de son immobilité que pour essuyer de temps en temps le front du malheureux avec son mouchoir, un joli mouchoir de jeune fille orné de fine dentelle et de son chiffre brodé en relief.

– Voilà qui est fait ! dit enfin le docteur en tirant doucement les couvertures sur la jambe enveloppée de son pansement.

– Déjà ! fit Poulain, presque involontairement, comme s'il se fût arraché à regret à je ne sais quel rêve décevant qui l'avait soutenu durant l'opération.

– Si tu veux, répondit plaisamment M. Demarquay, nous pouvons recommencer. C'est égal, tu es un bon garçon. Je me disais aussi : il n'a pourtant pas l'air d'un poltron ! Et maintenant, mon camarade, tu vas me faire le plaisir de rester bien tranquille ; si même tu pouvais dormir, ça n'en vaudrait que mieux. Vous entendez, madame Noël ? Silence absolu par ici. Pour boisson, du cognac avec de l'eau, ou du café, ou du bordeaux, ce qu'il voudra.

Le soir de ce même jour, Mme Delaunay ayant raconté cette histoire à quelques-uns de ses amis réunis chez elle, ce fut à qui complimenterait la fille de la maison sur le pouvoir de ses beaux yeux. Un peintre célèbre, qui était là, déclara qu'il ne voulait pas d'autre modèle pour la *charmeuse*, qu'il devait envoyer au prochain salon. Un autre ami, un vieux docteur, qui l'avait vue naître et qui l'adorait, lui promit d'obtenir pour elle un engagement splendide aux Folies-Bergères ou bien au Cirque d'hiver, pour remplacer Delmonico, le dompteur, ou l'illustre Bidel.

La jeune fille ne répondit point à ces innocentes railleries, excusées suffisamment par le ton familier qui régnait dans cette maison hospitalière. À peine souriait-elle vaguement, par politesse : à son air distrait et absorbé, on eût pu croire que les paroles qui lui étaient adressées n'arrivaient pas jusqu'à son oreille. Mais, quand M. Delaunay, l'attirant doucement dans ses bras, lui dit en l'embrassant :

— Voyons, ma petite Lucile, comment as-tu fait pour venir à bout de ce pauvre garçon, dont ta mère elle-même, à qui l'on ne résiste guère pourtant, n'avait pu avoir raison ?

— Je n'en sais rien, j'ai pleuré, voilà tout ! murmura la jeune fille, toute confuse, à l'oreille de son père, en lui rendant son baiser. Puis, quelques instants plus tard, profitant de ce qu'on ne faisait pas attention à elle, Lucile s'esquiva discrètement et ne reparut plus de la soirée.

III

Quand, à la veille de l'investissement, sa grand'mère était venue la chercher pour l'emmener passer ce terrible hiver avec elle à Nice, dans sa villa de Carabacel, Lucile Delaunay avait obstinément refusé de quitter son père et sa mère.

En vain la pauvre vieille dame, qui voyait déjà la chère fillette exposée aux plus affreux dangers, avait usé toute son éloquence à lui démontrer qu'aucun devoir sérieux ne la retenait à Paris, et que d'ailleurs elle ne serait d'aucune utilité, qu'au lieu de seconder ses parents elle ne pourrait que les gêner, que les entraver ; Lucile n'avait voulu entendre à rien.

– Mais, bonne maman, s'était-elle écriée, tu n'y penses pas ? Comment veux-tu que père se passe de moi ? Qui donc lui verserait son café, le soir ? Et ses cigares, tu sais bien que personne ne sait les lui choisir, bien blonds, bien secs, comme il les aime ? Et qui est-ce qui lui couperait sa *Revue* ? Et maman ? Vois-tu maman sans sa Lucile seulement pendant vingt-quatre heures ? Te la figures-tu toute seule dans le coupé, où jamais, depuis que nous l'avons, elle n'est montée sans moi ? Pauvre mère ! elle ne vivrait pas ! Non, vois-tu, grand'maman, si elle était partie, je serais partie avec elle ; mais du moment qu'elle ne part pas, je reste.

Et la pauvre grand'mère était partie toute seule pour Nice, après avoir embrassé l'enfant rebelle en pleurant, comme si elle ne devait point la revoir.

Pourtant le père et la mère de Lucile n'avaient rien fait pour la retenir : c'était bien de son propre mouvement que celle-ci avait voulu rester. Inutile d'ajouter que sa généreuse résolution les avait ravis, du reste. Quel adoucissement, au milieu des épreuves de ces cruels moments, de la sentir là, à côté d'eux, entre eux ! Quelle tranquillité pour leur esprit de ne pas avoir à se demander à tout instant : Où est-elle ? Que fait-elle ? N'est-elle pas malade ? Ne lui est-il rien arrivé ? Comme ils allaient, sinon plus gaiement, du moins l'esprit plus rassis, à leur triste besogne de chaque jour ! Et comme elle savait la rendre moins triste, cette besogne ! Loin de les gêner, comme le prédisait la grand'mère, la présence de la mignonne fillette était pour ses parents le plus puissant, le plus actif encouragement. Lucile était le sourire de cette sombre existence des jours de siège. Quand son père rentrait harassé, transi, après une longue nuit passée sur les remparts, un seul baiser de sa fille suffisait à le délasser, à le réchauffer, à le faire revivre. Et quand Mme Delaunay courait les rues en voiture ou à pied, à la recherche du vin ou du linge qui manquaient à l'ambulance, quel secours de tous les instants ne trouvait-elle pas dans cette autre elle-même qui ne la quittait point, vivant sa vie, pensant sa pensée ! Il n'était pas jusqu'aux amis de la maison qui ne se ressentissent du bienfait de cette gracieuse et toujours souriante influence. Combien, parmi les hôtes les plus fidèles du salon hospitalier de la rue de Boulogne, s'y sentaient attirés surtout par ce gracieux visage, qui chassait pour un instant le souci du jour, l'inquiétude du lendemain, et qui les renvoyait toujours réconfortés, retrempés à leur rocher de Sisyphe !

Pour les blessés, c'était bien autre chose encore. Quand elle entrait dans ces grandes salles d'ambulance, si froides dans leur nudité, avec les grands murs blancs, les lits de fer sans rideaux, le poêle de faïence au milieu, et, à côté du poêle, la longue table encombrée d'alèses, de charpie et de bandes de toile enroulées, la tristesse de ces lamentables intérieurs semblait disparaître soudain.

D'humeur constamment charmante, Lucile Delaunay avait des gaîtés d'enfant, des gazouillements d'oiseau qui ravissaient les pauvres blessés. Sa grande affaire, à elle, était de distraire, comme celle de sa mère était de relever et de réconforter. Elles se complétaient ainsi admirablement, la mère agissant avec sa raison, son autorité, sa parole grave et fortifiante, la fille avec sa grâce.

Incessamment occupée à chercher ce qui pourrait bien endormir les souffrances de ses *nourrissons*, comme elle les appelait, Lucile avait des inventions d'une originalité, d'une délicatesse exquises. C'était tous les jours quelque imagination nouvelle, une bagatelle, un enfantillage, un rien ; mais ce rien, où elle mettait quelque chose d'elle-même, trouvait toujours le chemin du cœur.

Un jour, elle apportait une longue pièce de flanelle cramoisie dans laquelle, de ses doigts agiles, elle se mettait à tailler bravement ceintures, cravates, brassards, à la fantaisie de chacun, et jusqu'à un bonnet de police pour un vieux grognard qu'exaspérait la forme peu militaire du bonnet d'hôpital.

Une autre fois, c'étaient des friandises prélevées sur l'office, au grand scandale des domestiques « qui ne comprenaient pas mademoiselle », ou quelques bibelots de ses étagères, ou des fleurs, un petit bouquet de roses ou de violettes déniché je ne sais où, et qu'elle plaçait sur la table du malade dans une petite potiche coquette, autre emprunt fait à ses trésors de jeune fille.

Et chaque jour c'était quelque chose de nouveau, quelque invention inédite de son inépuisable imagination.

Quand, par hasard, elle arrivait les mains vides, elle redoublait de câlineries pour se faire pardonner son oubli, elle racontait des histoires à ses chers blessés, elle leur lisait le journal, elle leur chantait des chansons.

Parfois aussi elle leur prêtait ses livres, de beaux livres de voyages à tranches dorées.

« Ce sont mes livres d'étrennes, rien que cela ! disait-elle gaiement. Vous voyez si je vous gâte. Mais si vous les abîmez, gare à vous ! »

Aussi tout le monde l'adorait, les plus vieux comme les plus jeunes, et du premier jusqu'au dernier. On le vit bien un jour, à Vendrezanne. Un mobile de la Côte-d'Or, nommé Poisson, arrivé dans la nuit à l'ambulance avec un éclat d'obus dans l'épaule, ayant *envoyé promener* Lucile, qui le questionnait de sa douce voix, il y eut dans toute la salle un véritable *tollé* d'indignation : on vit de tous côtés les éclopés se soulever sur leurs membres brisés, et le malheureux Poisson, qui ne comprenait rien à la tempête déchaînée par son imprudence, ne se serait certainement pas tiré de ce mauvais pas à trop bon compte, si la jeune reine, apaisant d'un sourire la fureur de ses sujets révoltés, n'avait pas pris elle-même la défense du coupable. Inutile d'ajouter qu'à partir de ce moment-là Poisson devint le plus respectueux et le plus soumis de tous les blessés de l'ambulance.

Quant à Émile Poulain, de la rue Chaptal, depuis le jour de la terrible opération, il était demeuré le favori de Lucile. Elle ne pouvait le revoir sans songer à cette après-midi mémorable où, à ce que lui assurait le docteur Demarquay, elle avait sauvé la vie à l'entêté gamin. Dans les commencements, elle sentait toujours peser sur elle, alors même qu'elle était loin de l'ambulance, au milieu du salon de sa mère, ou la nuit dans son lit de jeune fille, elle sentait ce regard éperdu, que le malheureux avait tenu attaché sur ses yeux pendant les vingt-cinq minutes qu'avait duré l'opération, ce regard trouble où passaient par moments des frissons de mort, et qu'elle avait si vaillamment soutenu.

Élevée dans un milieu tout particulièrement réservé, jamais jusqu'alors un regard irrespectueux n'avait effleuré son pur et doux visage. L'œil hardi, effaré par la fièvre, de l'héroïque garnement, était le premier qui l'eût ainsi dévisagée, se promenant cyniquement sur ses traits délicats, s'attachant à ses yeux, se plongeant pour ainsi dire dans leur profondeur, comme pour la poursuivre jusque dans les replis les plus secrets de sa pensée. C'était comme la fleur de son âme de jeune fille qui avait été atteinte et foulée ce jour-là. Encore, sur le moment, emportée par la gravité de la situation, elle avait subi cette sorte de profanation presque inconsciemment, ou du moins avec l'intrépide assurance de la petite sœur des pauvres qui passe à travers les plus répugnantes besognes sans rien voir ni rien entendre. Mais, quand elle ne s'était plus trouvée sous le coup de cette obsession, elle en avait vivement ressenti la pénible impression, et pendant longtemps elle avait été poursuivie par ce souvenir, troublant et pesant comme le cauchemar d'une nuit de fièvre.

Et pourtant, depuis l'opération, jamais Poulain ne s'était permis la plus légère familiarité. Bien au contraire, on eût dit qu'il cherchait, à force de soumission, à faire oublier son audacieuse familiarité du premier jour. À peine osait-il seulement lever les yeux sur Lucile, quand il sentait qu'elle ne le regardait point. Son regard venait-il par hasard à se croiser avec celui de la jeune fille, il se détournait aussitôt brusquement, humblement, comme celui d'un chien pris en défaut ; si humblement même, que Lucile en éprouvait une sorte de gêne indéfinissable, une surprise, un malaise qu'elle ne s'expliquait point. Et, comme sa figure expressive et sincère ne savait pas dissimuler, Poulain s'apercevait bientôt qu'elle était contrariée, ce qui ne faisait que redoubler son embarras. Ces jours-là, Lucile restait moins longtemps à l'ambulance ; elle avait hâte, sans se l'avouer, d'échapper à cette sorte d'obsession silencieuse.

– Qu'est-ce que tu as encore fait à la demoiselle, Émile ? disait la mère Noël quand Lucile était partie. Elle qui rit toujours, elle était toute chose en s'en allant.

– Rien du tout, je vous dis ! répondait Poulain avec humeur.

Et quand la mère Noël insistait, voulant absolument faire avouer au blessé qu'il avait dit à Lucile quelque chose qui l'avait fâchée :

– Puisque je vous dis que non ! s'écriait-il exaspéré. Et puis, d'abord, fichez-moi la paix, la mère Graillon. Allons ! oust !

La mère Graillon ! c'était son mot favori, le compliment qu'il ne manquait jamais d'adresser à l'excellente femme quand il était à bout de patience. Et cela arrivait fréquemment ; car, il faut bien le dire, une fois que Mme Delaunay et sa fille n'étaient plus là, le naturel emporté du gamin reprenait trop souvent le dessus ; et c'était la pauvre mère Noël qui avait surtout à souffrir de ces retours de violence, d'autant plus aigus, d'autant plus bruyants, que la contrainte qu'il s'était imposée en présence des deux nobles femmes avait été plus grande.

Mais la brave mère Noël ne se fâchait pas pour si peu ; elle passait tout à ce malheureux enfant, qui souffrait tant d'ailleurs, et pour qui elle s'était prise d'une tendresse toute maternelle.

Depuis l'arrivée de celui-ci et du vieux Bongrand, l'ambulance s'était à peu près remplie, notamment au lendemain de l'affaire du Bourget, et, quelques jours plus tard, après l'attaque du plateau d'Avron. Mais Bongrand et Émile Poulain, ce dernier surtout, étaient demeurés les favoris de la vieille et excellente femme. N'ayant jamais eu d'enfant, elle déversait sur

le pauvre Émile tout ce que son cœur recelait de maternité inas-
souvie.

Avec la férocité naïve des enfants gâtés, celui-ci ne se faisait
pas faute d'abuser du pouvoir qu'il se sentait sur l'esprit de la
brave créature ; plus elle se montrait dévouée, empressée, plus
il était cassant, volontaire, insupportable avec elle.

Du moins, avec le vieux Bongrand, la mère Noël avait plus
de satisfaction. Tandis qu'Émile semblait prendre plaisir à la
rabrouer, le vieux troupier s'attachait au contraire à la cajoler. Il
est vrai que ces cajoleries n'étaient pas absolument désintéres-
sées, et qu'elles avaient surtout pour but d'obtenir quelque douceur interdite formellement par le docteur. Le moyen de refuser,
par exemple, à ce terrible enjôleur une pauvre petite goutte, sa
seule passion sérieuse, avec sa pipe ! Une première fois, et non
pas sans se reprocher cruellement sa faiblesse, la mère Noël
avait apporté sous son tablier, avec toutes sortes de mystères et
de précautions, un petit doigt d'eau-de-vie, en jurant qu'elle ne
recommencerait plus. Puis, sans que la brave femme se fût
aperçue seulement comment cela se faisait, la dose s'était aug-
mentée chaque jour un peu, et maintenant le vieux Bongrand
avait matin et soir son plein petit verre d'excellente eau-de-vie
qu'il dégustait en gourmet, le nez sous la couverture.

Résultat trop facile à prévoir : à la grande surprise du docteur Demarquay, des accidents de pneumonie vinrent compli-
quer l'état de Bongrand, qui paraissait en voie de guérison ; et la
mère Noël dut confesser sa coupable imprudence.

IV

De son côté, du reste, Émile Poulain allait de mal en pis. Malgré sa jeunesse et sa constitution vigoureuse, malgré tous les soins dont il était entouré, ses forces déclinaient rapidement.

En vain, pour prévenir la gangrène, avait-on installé au pied de son lit un appareil hydrothérapique, disposé de façon qu'un mince filet d'eau coulât jour et nuit sans interruption sur la plaie de sa jambe ; celle-ci prenait de plus en plus mauvaise tournure. Le pauvre blessé n'avait plus ni appétit, ni goût à rien ; son visage émacié revêtait cette teinte exsangue, à laquelle on ne peut se tromper. Autre symptôme grave, M. Demarquay, se relâchant de sa sévérité, permettait qu'on donnât au malheureux tout ce qu'il demanderait. Aussi, fut-il bientôt constant pour tout le monde que les jours d'Émile Poulain étaient désormais comptés.

Naturellement, Mme Delaunay et sa fille redoublaient auprès de lui de soins et de prévenance. Elles lui faisaient maintenant de longues et fréquentes visites, négligeant pour lui les autres malades ; et ceux-ci, sachant que le pauvre Émile allait mourir, ne réclamaient point.

Toujours ingénieuse à distraire l'esprit de son malheureux protégé, Lucile avait imaginé de coiffer l'appareil hydrothérapique avec le casque bavarois, dont la conquête avait été payée si cher par l'infortuné ; et sur la chenille noire du casque elle avait piqué une rose artificielle, dont la tache rouge faisait l'effet le plus inattendu.

Ayant remarqué un autre jour qu'Émile conservait à côté de lui sur sa table les menus fragments de fonte et de plomb que l'on retirait un à un de sa plaie, et qu'il les considérait avec une véritable complaisance, elle lui avait apporté une jolie soucoupe en porcelaine de Chine décorée d'un grand oiseau rose aux ailes éployées, et, prenant les éclats d'obus de sa main délicate, elle les avait placés elle-même dans la soucoupe.

Mais sa grande surprise, préméditée depuis longtemps et dont elle se promettait le meilleur effet, ce fut le jour où elle lui apporta la médaille militaire, coquettement disposée dans une jolie boîte de laque avec son ruban moiré vert et jaune.

Il y avait plus d'un mois que, sans en rien dire à Émile, elle tourmentait son père afin qu'il obtînt du général Trochu cette suprême consolation pour le pauvre moribond.

Or, ce matin-là, M. Delaunay avait reçu du gouvernement l'avis que la médaille était accordée. Sans perdre une minute, Lucile avait dit d'atteler et s'était fait conduire chez Krétly, au Palais-Royal, et de là à l'ambulance.

Étonné de la voir arriver de si bonne heure, Émile regardait la boîte que Lucile lui avait mise dans la main.

— Ouvrez donc, dit-elle.

Émile ouvrit, et en voyant la médaille, une vive rougeur passa sur ses joues pâlies ; ses yeux desséchés par la fièvre se mouillèrent d'une larme ; il lança un long regard chargé de re- connaissance à Lucile et lui dit :

— C'est encore vous qui me valez ça, Mademoiselle !

Cependant Lucile avait attaché la médaille sur le drap, à la hauteur de la poitrine du blessé ; puis réfléchissant qu'ainsi celui-ci la voyait mal, elle la reprit et l'attacha au-dessous du casque bavarois, sur le rideau de mousseline qu'on avait jeté autour de l'appareil hydrothérapique, pour le cacher.

Ce fut alors dans toute l'ambulance comme une révolution. Ceux qui étaient assez valides pour se tenir debout accoururent de tous les points de la salle et se groupèrent autour du lit d'Émile, contemplant avec des regards d'envie ce morceau de métal brillant, pour lequel plus d'un peut-être eût donné le membre qui lui restait.

– J'ai vingt-cinq campagnes, cinq blessures, douze citations, grommelait le vieux Bongrand, moitié attendri, moitié jaloux. J'ai été porté deux fois pour la médaille : en 1855, après Malakoff, et en 1858, après Solférino ; eh bien ! jamais je n'ai pu la décrocher, et ce crapaud-là la décroche du premier coup, à dix-sept ans !

Quand Lucile, sa tournée achevée, quitta l'ambulance, Poulain la suivit des yeux jusqu'à ce qu'elle eût disparu ; puis, retournant la tête, il ferma les yeux comme s'il eût voulu garder par devers lui cette vision charmante.

La mère Noël, qui rentrait seulement de course, étant accourue à ce moment pour le féliciter, il l'interrompit brusquement, comme s'il lui en voulait de l'avoir dérangé dans son rêve.

– Quelle médaille ? dit-il. Laissez-moi donc tranquille. Ah ! oui, la médaille ! c'est çà qui m'est bien égal ! Je n'y pensais déjà plus.

Une seule chose l'avait touché dans cette médaille, c'était qu'elle lui venait de Lucile, que c'était à Lucile qu'il la devait.

Peut-être, d'ailleurs, n'était-il pas soldat depuis assez longtemps pour attacher un grand prix à cette décoration, l'idéal bien rarement atteint des vieux grognards ; peut-être aussi les approches de la mort le rendaient-elles indifférent à toutes choses.

À partir de ce moment-là, il se mit à décliner avec une rapidité effrayante. Bientôt même sa faiblesse fut telle, que le moindre mouvement devint pour lui très difficile.

Cependant, la mère Noël ayant remarqué qu'il tenait toujours la main droite sous son oreiller, et ayant essayé de lui faire quitter cette position forcée en ramenant le bras sous la couverture, le pauvre Émile trouva encore la force de retenir son bras et de dire à la mère Noël :

— Laissez-moi ! Je suis bien. Je veux rester comme ça !

Et, comme la mère Noël insistait, un éclair de vie et de colère passa dans les yeux éteints du moribond, et d'une voix rauque, mais encore assez forte, il cria plus qu'il ne dit :

— Mais vous ne me laisserez donc pas mourir tranquille ! Vous entendez, je veux rester comme çà !

— Laissez-le, madame Noël, puisque c'est son idée, fit le vieux Bongrand, qui, du lit voisin, suivait toute la scène.

Épuisé par cet effort, Émile ferma les yeux et parut s'assoupir. La vieille femme, qui ne le quittait guère depuis quelques jours, s'installa à la tête du lit, son tricot à la main, et, comme elle était elle-même très fatiguée, finit par s'assoupir, le nez sur son ouvrage.

Sept heures du matin sonnaient quand elle se sentit tirée par la manche, et, se frottant les yeux :

— Tiens ! tiens ! fit-elle ; il paraît que je m'en allais, moi !

– Madame Noël, dit Bongrand d'une voix étranglée, regardez donc Émile, on dirait qu'il ne bouge plus !

– Oh ! mon Dieu, il a passé ! dit la vieille femme, et, se jetant sur le corps déjà froid du pauvre Émile, elle l'embrassa en pleurant ; puis, se laissant tomber à genoux au pied du lit, elle sanglota, la figure contre le drap.

À ce moment, un jour pâle et triste entrait dans la salle par les larges baies des fenêtres ; la flamme mourante de la veilleuse placée sur la petite table, à côté du lit, jetait encore quelques lueurs intermittentes qui éclairaient tour à tour ou rejetaient dans l'ombre l'arête saillante du nez et les yeux grands ouverts du cadavre.

La mère Noël se releva enfin et ferma les yeux du malheureux Émile. Le corps avait conservé l'attitude qu'il avait la veille au soir, le bras droit ramené sous l'oreiller. La vieille femme ayant voulu prendre ce bras déjà rigide pour l'étendre pardessus le drap, au long du corps, elle eut beaucoup de peine à lui faire perdre sa position. La main crispée semblait vouloir retenir encore quelque chose sur quoi elle s'était refermée. La mère Noël dut faire un effort vigoureux pour l'ouvrir.

– Le mouchoir de Mademoiselle ! fit-elle tout à coup.

C'était, en effet, le mouchoir avec lequel Lucile avait essuyé les tempes du pauvre Émile pendant l'opération, et qu'elle avait laissé par mégarde sur le lit du patient.

Le vieux Bongrand et la mère Noël se regardèrent pendant quelques minutes sans rien dire, puis la mère Noël murmura :

– Pauvre Émile !

Et dans la main glacée du cadavre elle remit pieusement le joli mouchoir brodé.